블러드
레인!

1

민 글 **백승훈** 그림

등장인물 ━━━━━━━━━━━━━━━━━━━━━━

강혁
경찰. 국정원 사업에 파견되어
김민규의 밑으로 들어간 언더커버.
금혁이란 이름으로 신분을
위장 중이다.

김민규

과거 전국 최강의 주먹이란 칭
호를 얻었던 동해파의 3인자.
해체된 동해파를 다시 일으켜
세우려 한다. 판세를 읽는 눈
이 좋고 호방하여 사람들이 많
이 따른다.

하태호

국정원 부장. 조폭으로 조폭을
제거하는 이이제이 사업을 구
상하고 실행하는 책임자.

조호

국정원 차장. 이이제이 사업을
승인한다.

유리

란란주점 루나에서 일하는 종
업원.

한대철

과거 동해파의 하부조직이었던
서왕십리파 인물. 김민규에게
충성하며 동해파를 다시 세우
길 바라고 있다.

황일철

과거 서왕십리파 행동대장이
었던 인물. 김민규를 존경하고
있다.

용노인

마작회의 정신적 지주.

진래

마작회의 일원. 용노인의 신임
을 받고 있다.

박일중

일중에이스리더파를 만들어 동
네 가게 삥 뜯고 사는 양아치

마 씨
마작회에 잡혀 있던 상가 사람.

미토나
하노이파 보스. 하노이파는 마
작회와 라이벌 관계인 해외 조
폭이다.

의사
마작회 전용 의사. 중의학을 기
반으로 하지만 정식 의사는 아
니다.

묵창화
적풍회 하부조직 간부로 에이스
성인오락실을 책임지고 있다.

곱추
묵창화의 하수인.

김성현
고아로 자라 암살자로 키워진
인물. 세리 마담이라 불리는 김
성희와 남매간이다.

왕리멍
한국에 진출한 중국계 조폭 적
풍회의 회장.

저우량
왕리멍의 신임을 한 몸에 받
고 있는 중먼. 대단한 실력자

진린
저우량의 친구. 적풍회원.

김성희
까오슝객잔의 마담. 세리라는
닉네임으로 통한다.

조형찬
인천지검 검사.

김 수사관
조형찬과 함께 일하는 수사관.

여실무관
조형찬과 함께 일하는 실무관.

채수연
검사. 까칠하지만 정의의 화신
같은 인물이다.

하루다
가와토미구미 서울지회장. 한
국에 진출한 야쿠자.

지니
걸그룹 멤버. 마약중독자.

한수대
적풍회 서울지부 2조 조장.

김인범
서양그룹의 회장. 국내 최대 조
폭 두현파의 공식 수장이다.

하종화
서양그룹의 간부. 전국 최고의
칼잡이.

류희수
하종화의 수행원이자 후계자.

이정우
서양그룹의 명예회장. 비공식
적인 두현파의 진정한 수장.

박광민
경찰. 혁이 어릴 때부터 후원해
주던 형사로 현재는 반장.

히로
가와토미구미 서울지회 부회
장. 야쿠자로 칼잡이다.

이동재
한참 인기가 올라가는 배우. 결
혼을 발표한 것이 뉴스에 나올
정도의 스타다.

마리
하루다의 경호원.

윤해만
과거 동해파에 있었으나 현재
는 하루다를 따르고 있는 써니

황석현
서양그룹의 이사.

다카하시
가와토미구미의 행동대장. 일본
에서도 손꼽히는 실력자이다.

장동욱
서양그룹의 이사. 한때 전국 최
고라고 불리었다.

맹수현
김인범의 경호원. 장동욱과 호
각을 다투는 인물.

성재희
국정원 직원. 이정우, 김인범에
게 과거 도움을 받은 인연으로
친분이 있다.

3년 후

순경 강혁.

자식. 넌 될 줄 알았다.
정복 입으니 좋네.

특별사면입니까?

음. 모범적인 생활로
특별사면이 결정되었네.
이건 이례적인 일이야.

국정원 1차장 조호

전담팀의 배치가
필요하다는 건가?

예. 왕리밍의 경우
유학 비자를 받아 왔습니다.
몇 년간 한국에 머무를 수
있다는 겁니다. 단순 방문을
넘어선 상태입니다.

곤란하군. 요즘 분위기가
국정원이 나서기 어렵잖아.
정치꾼들한테 지나치게 흔들려서
사업 하나 진행하기도 힘들어.

국내파트 3부장 하태호

하지만 이대로 두고 볼 수는
없습니다. 국내에 이미 해외 조직이
30개 정도 들어와 있습니다.

지금은 조용하지만
이대로 두면 향후 20년 이내에
해외 조폭들의 천국이 될 겁니다.

이미 대부업체와
엔터테인먼트 쪽은 야쿠자 자본이
들어왔지?

중국 자본도 들어와 있습니다.
예의 주시 중입니다.

21

… 흐음. 조용하고 은밀하게
막아낼 수 있는 방법이 없을까?
걸핏하면 국정원 해체하라고
들고 일어나는 판에 크게 일 못 벌여.

방법이 있습니다.

무슨…?

이이제이입니다.

3개월 후

앞으론 다시
보지 않도록 하세.

김민규

고맙습니다.

이사님은
저를 모르겠지만
동해에서부터
늘 존경해왔습니다.

세상이 많이 변했군.
예전 같으면 차만
스무여 대는 되었을 텐데.

걱정 마십시오!

이제 이사님을 중심으로
다시 동해파가 뭉쳐서…

아니, 잠깐.

어쨌든 두부는
고맙습니다만.

예! 이사님.

그것이 최상책입니다만

두현파는 현재 불법적인 움직임이 없습니다.
매우 조용하게 마치 강대국처럼
그 지위를 뽐내고만 있습니다.
그래서 새로운 힘이 필요합니다.

계속해보게.

예. 과거 두현파로 서울이 통일되기 전
동해파와 찬이파가 서울을 양분하고 있었습니다.
두현파는 찬이파의 주먹들을 흡수하고
동해파를 무너뜨렸습니다.

동해의 주먹 중 2인자로 평가받던
김민규라는 자가 있습니다.
이 친구는 10년 형을 받고
복역 중인데 그를 나오게 하면
흩어졌던 동해의 잔당들이
빠르게 결집할 것입니다.

동해의 잔당들을 이용해
해외 조폭을 없애자?

그렇습니다. 세력을 키우기 위해

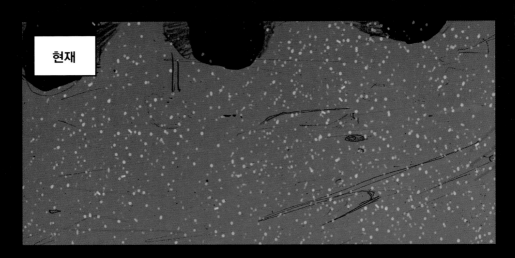

현재

모시고 싶습니다!
이사님.

이거 참.

일단 일어나세요.

비켜!

뭐, 뭐야?

어떤 일입니까?

자세한 건 나도 모르겠어.
조폭과 관련된 일이란 것밖에는.

케이익

이사님.

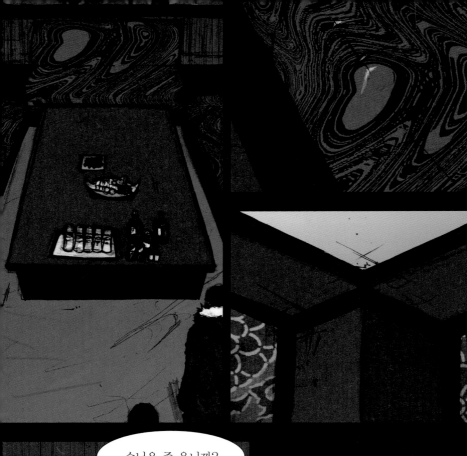

손님은 좀 옵니까?

그게 말입니다.

건물이 좀 낡아서 그렇지
아가씨 물 좋고 술도 물 안 타고
정직하게 장사하는데도 이상하게
손님이 안 옵니다. 거참.

안주보다
술을 좀 바꿉시다.

안주는 뭐로
하시겠습니까? 이사님.

죄… 죄송합니다.
이사님!

이사님 눈에는
이런 게 성에 차지 않을 테지만
이게 지금 우리 업소에서
제일 비싼 것인데요.

그냥 소주 한잔합시다.
오늘은 소주가 끌리네.

촉새! 거기 있냐?

예. 사장님.

소주 말입니까?
알겠습니다.

소주 한 짝 가져와라.

예.

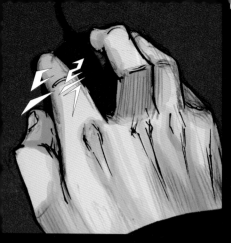

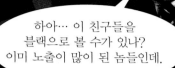

하아… 이 친구들을
블랙으로 볼 수가 있나?
이미 노출이 많이 된 놈들인데.

성명 :

생년월인 :

계급 :

특기사항 :

음? 못 보던 얼굴인데?

뉴 페이스?

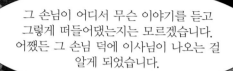

그 손님이 어디서 무슨 이야기를 듣고 그렇게 떠들어댔는지는 모르겠습니다. 어쨌든 그 손님 덕에 이사님이 나오는 걸 알게 되었습니다.

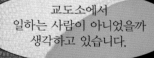

교도소에서 일하는 사람이 아니었을까 생각하고 있습니다.

그것 참 이상하군요. 신문에 보도가 된 것도 아니고…

교도관들과는 충돌하지 않고 잘 지냈는데…? 대체 누가…?

어쨌든 이제 여긴 이사님 것입니다. 변변치 않지만 여길 거점으로 삼고 다시 동해파의 영광을…

가만! 가만!

예?

그만합시다.
길에서 사람을 난처하게 만들어서
따라오긴 했지만 오늘 술 한잔
나누는 걸로 끝입니다.

전 다시 이 세계에
발을 들일 생각이 없습니다.
호의는 감사합니다만
이쯤 합시다.

하지만 이사님!

아시겠죠?

띠 리 리 리

예. 서울지방
경찰청입니다.

강혁 순경님입니까?

박광민 반장님한테
이야기 들었을 겁니다.
잠시 뵙고 싶은데요.

그런데요?

…!

강혁 순경?

타게.

부웅

박광민 반장에게서
대충 이야기는 들었을 거야.

그건 김민규.
3년 전 동해파 2인자. 서열은 2위지만
주먹으로는 동해 제일이란
평가를 받던 인물이야.

머리도 좋고 주먹도 좋고
동해파 내에서 평판도 좋았지.

출소하면 과거
동해파들이 다 모이겠군요.

그걸 노린 거지.
궁극적 목표는 동해파가 규합해
해외 조폭들과 싸우고 마지막엔
현재 전국 제일인 두현파까지 몰아내서
우리나라에서 조폭 씨를 말리는 거야.

제 역할은 뭡니까?
언더커버라고 들었는데.

김민규가 얌전히 있으면
자네가 사고 쳐서 전쟁을 일으키고
계속 문제를 만들면서 사업이
순조롭게 진행되도록 해야지.

기본적으로
우리의 지시를 받고 현장 상황은
자네 판단에 맡기겠네. 그리고…

지금부터
자넨 국정원 파견이고
인천으로 갈 거야.

서울은 두현파가 장악해서
들어갈 방법이 없거든. 김민규는
인천에서부터 힘을 모을 거야.

인천입니까?

다 읽고 나면 태워버리게.
자네 주위엔 IO들이 항상
지켜볼 테니까 걱정 안 해도 돼.

IO라면
현장요원 말입니까?

찰칵))

낯간지럽게 요원은 무슨?
그거 미디어에서나 그렇게 쓰지.
우리끼리는 사원이라고 하네.

아, 참.

알겠습니다.

사장님. 찾으셨어요?

아… 저기.

왜 그러십니까?

밤도 늦었는데 이제 가야지요.

갈 곳도 없지 않습니까?
동해파를 다시 세우자는
말씀 안 드리겠습니다.
그냥 모시게라도 해주십시오.

주제는 알고
까불어야지?

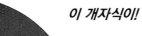

이 개자식이!

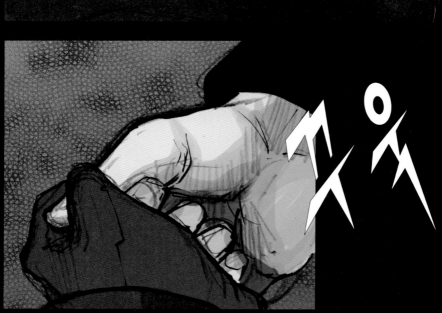

흠흠… 좋아. 오늘은
이 정도로 봐주지. 야, 가자.

왜 저놈들한테
돈을 주셨습니까?
저런 양아치들한테 대 동해파가
고개를 숙일 수는…

그래도 제가 가진 돈이
모두 털렸으니 당분간
여기 있게 되었네요.

예?

잠시만 더 신세 집시다.

예! 예!

동네 양아치들한테
털리는 곳이라…
몸을 굽히고 뜻을 숨기기엔
이만한 곳이 없다.

어머. 오빠 처음 본다.
오늘부터 여기서 일하는 거야?

잘생겼네.
내가 오빠 데리고 살까?

야! 왜 새로 온 과장한테
치근덕거려?

아휴. 게이야? 뭐야?
여자가 남자한테
앵기는 게 당연하지.

저것들이.

간다, 가!

담배 세 갑 사 와.
남는 건 용돈하고.

예.

아 참. 생리대도
하나 사 와.

알겠습니다.

담배, 생리대
보입니다.

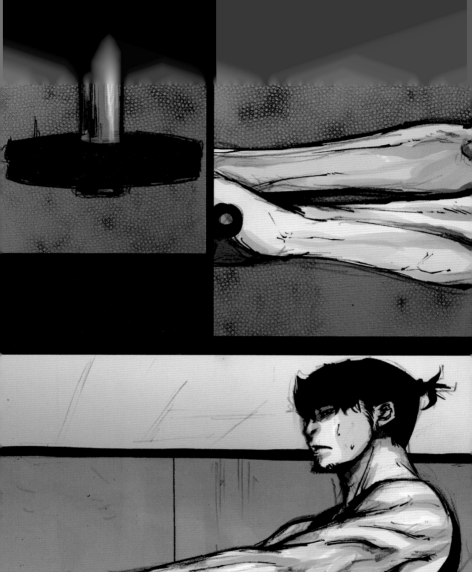

어떻게
하면 됩니까?

차후 지시는 잠입 성공하면
이야기해주지. 아 참,
자네 신분은 마음에 들어?

찾아가서 동해 시절부터
선망의 대상이었다고 하면서
무릎 꿇고 받아달라고 해.

…

그냥
양아치던데요?

단순무식 캐릭터야.
그런 게 접근하긴 편하거든.

그런 캐릭터에
익숙합니다.

좋아. 믿어보지.
당장 내일 접근해.

?

꺄아아악!

사장 오라고 해!
사장!

야! 내가 그동안
너한테 갖다 바친 돈이 얼만데
그것도 못 해주냐? 앙?

퍼

억

저기 고객님.
이러시면 안 됩니다.

어… 어… 어…?

비틀

와… 피했어?
내가 술만 안 취했어도
네까짓 거…

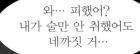

한 방인데!

으랏차!

이 미친놈이
또 피해?

피한 게 아닙니다만.

시끄럿!

쾅

틱

크앗!

과장님.

예?

고마워요.

별말씀을요.

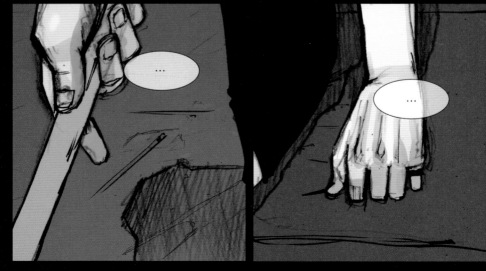

...

...

이런 씨!

무슨 일이야?

돈 가져와라.
여긴 이제부터 내 구역이다.

…

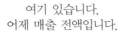

여기 있습니다.
어제 매출 전액입니다.

적군. 사흘 후
이 시간에 다시 오겠다.
이 돈의 세 배를 준비해.

세… 세 배…?

왜?

아, 아닙니다.
준비해놓겠습니다.

강혁 GPS
멀어지는 중.

나왔어.

별 소득 없어
보이는데?

뭐지?

가만, 옆에 있는 가게는
왜 들어가는 거야?

루나 라인에 있는 가게
전부 들어가서 행패 중.

어쩌다가… 이렇게 되셨습니까?
왜 이렇게 초라해지신 겁니까…?

김민규는 출소 후
순식간에 동해의 잔당을
모을 수 있음에도 불구하고
몸을 낮추고 은신하고
있습니다.

이렇게 심지가 깊은 사람에게
무턱대고 찾아가서 받아달라고 하면
더 몸을 낮출 겁니다.

흐음…

결국 김민규가 아니라
그 주변을 건드려야 합니다.
분명히 마음이 얕은 자가
있을 겁니다.

일렬로 서!

으아아암…

무슨 일 있습니까?

김 과장은 들어가라.

예.

밖에 무슨 일 있어요?

글쎄요. 사장님이 애들 다 모았네요. 누구 기다리는 모양인데?

아! 사흘 전에 우리 집 문 부순 사람 온다고 했잖아요.

음?

오늘 오면 가만두지 않겠다던데요?

그래요? 재미있겠네요.

네?

근데 어디 외출하세요?

네. 홀복 좋은 게 들어왔다고 해서요.

끄으으으----

조심해라.
주먹이 매운 놈이다.

이야아!

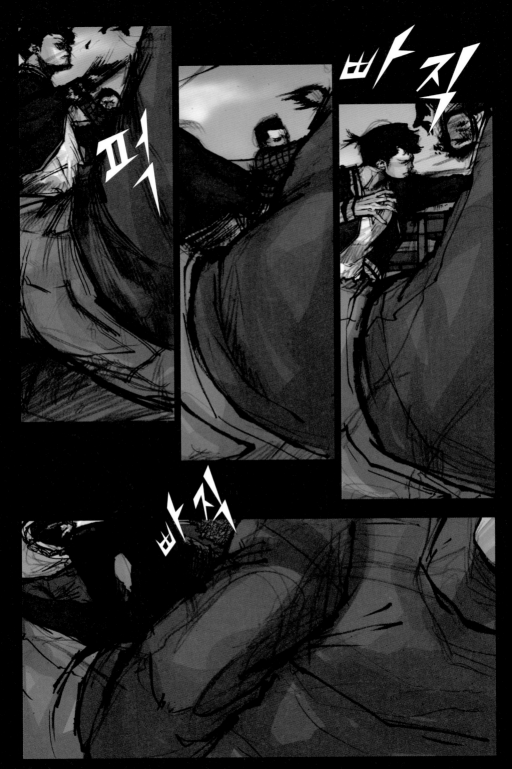

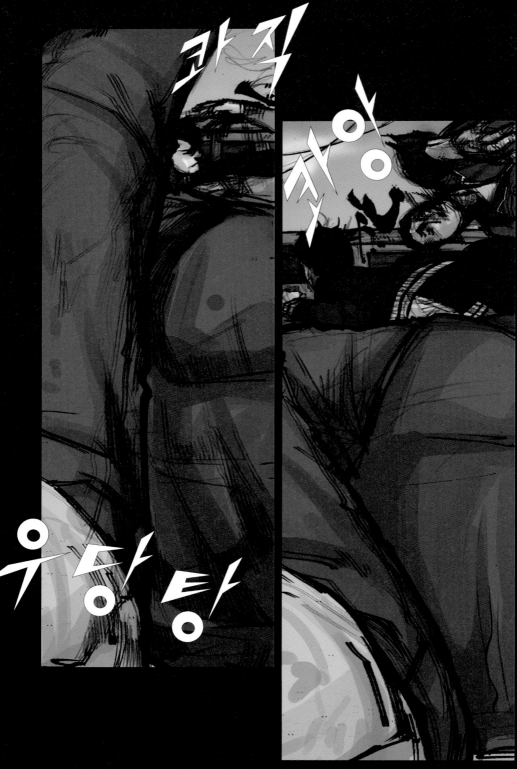

잠깐만!

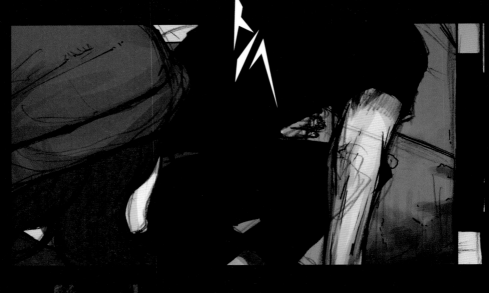

정말 놀랐어. 다 쓰러지겠는걸?
하지만 이 업소에는 정말 돈이 없어.

내가 알 바
아니야.

차라리 여기에
취직하는 게 어때?
스카우트를 하고 싶은데.

여보세…

이런. 이래서
폰케이스가
필요한 거군.

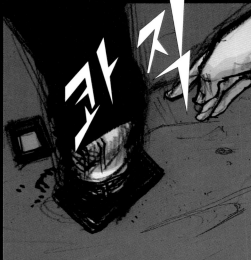

내가 모든 것을 쏟아부어도
이긴다고 장담할 수 없어.

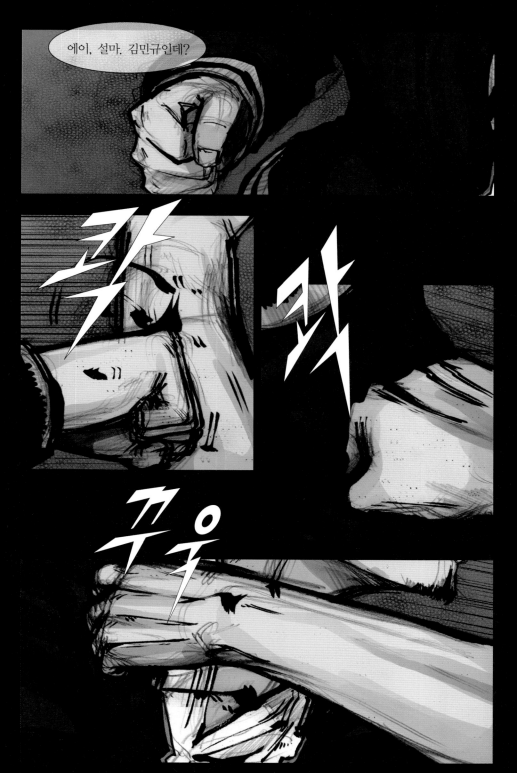

어림없지.

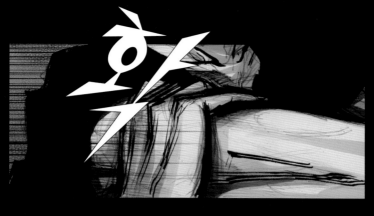

어림없긴.

!

그래? 그럼…

이 싸움은 내가
이겨야겠구나.

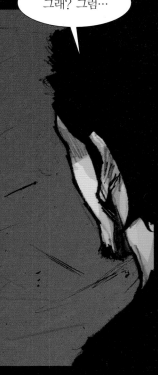

이 정도 분위기면 내가 져도 되지만
져준다는 티가 나면 곤란해.

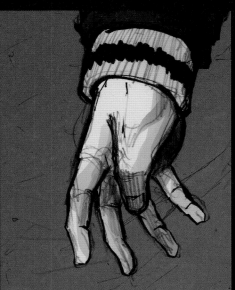
뭔가 달라졌다.

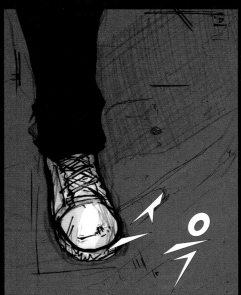
욱

이거 아무래도 근처에 가서 눈으로 봐야겠어. 어떤 상황인지 궁금해서 안 되겠어.

그래.

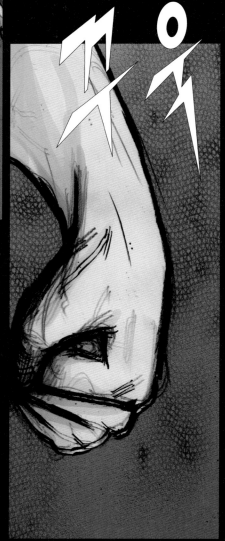

잘난 척은…

야! 너보다 강하면
밑으로 들어온다며?

자식이… 존심 좀 상했나?

이… 이사님.

들어가서
이야기하시죠.

165

그럼 이제 어떻게 할 겁니까?
그놈 데리고 올까요?

그럴 필요는 없습니다.

예?

누가 뭐래도 우리는
사회악이라는 조폭.

이런 길로 들어서는 건
본인이 선택하는 겁니다.
직접 찾아온다면 모를까
내가 꾀지는 않을 겁니다.

아…!

이분은
정말로 큰 분이다.

반드시 이분과 함께 동해파를…

다시 세울 테다…!

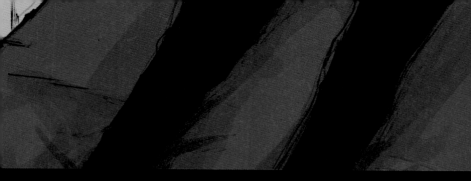

내가 지른 주먹은 손쉽게 걷어냈지만
나도 분명히 김민규의 주먹을 피했다.

아니, 잠깐!

피한 게 아니야!
일부러 내 옆 허공을 때린 거야.

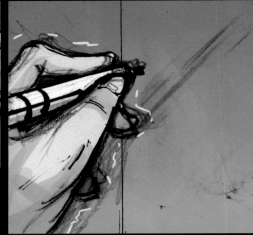

월세인데…

지는 싸움이든 이기는
싸움이든 주도권은
내가 잡아야 하는데
그러지 못했어.
전부 내 예상과 다른
그림이 나왔어.

삼촌이 알아서 하겠지.

여기서 김민규는 내 옆 허공을 때렸어.
자연스럽게 내 몸은 기울어지고 김민규가 밸런스를 뺏기 시작했다.

그리고 여기.

뭘 안다고
함부로 지껄여?

그렇게 크게 들어오면
다친다. 이놈아.

마음대로 치라고
일부러 크게 들어갔는데 오히려
가볍게 밀어 넘기기만 했어.

이이제이 사업의 마지막은
내가 김민규의 손목에 수갑을 채우는 것.
그때는 좀 더 집중해야 한다.

오오… 과장님. 오…

하하. 왜 그러십니까?

싸움 못한다 하더니.
오오오. 막 갖고 놀아. 오오오.

하하하. 갖고 논 건 아니고요.
어디 갔다 오셨어요?

흠… 글쎄? 일단
일중에이스리더파부터
해산할까?

일중에이스리더파?

이름부터 거창하지?
무서운 놈들이야.

받아 본 파일에는 없는 조직명이다.
뭔가 대단한 놈들인 건가?

그렇다면 일중에이스리더파를 해산하는 데
공을 세우고 김민규에게 어필, 측근이 되는 거다.

끼익

우린 반지하
언제 벗어나냐?

돈 많은 유부녀
꼬시면. 큭큭큭.

그놈 고용하셨다면서요?

예.

그럼 지금부터
뜻을 펼치는 겁니까?

그냥 영업주임으로
고용한 것뿐입니다.
새사람을 들인 건데 어떤 놈인지
좀 더 지켜봐야겠죠.

흠…

뭐야? 우리한테 통장 준 놈 아니네?

무슨 일로 오셨습니까?

돈 가져와라!

여긴 우리 구역이야!

웃어?

상대하기 귀찮다. 꺼져.

새로 와서 아직 모르나 본데
너 방금 지옥의 문을 연 거야.

아, 뉘에.

안 꺼져?

이, 이게…

셋이서 공격해!

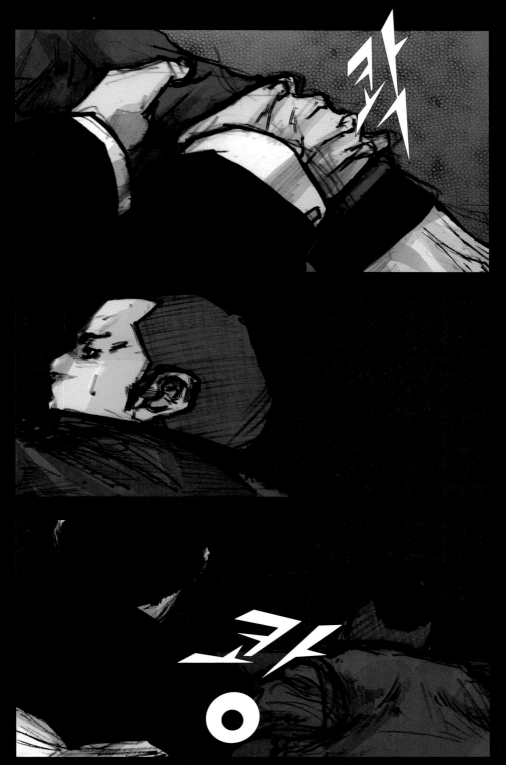

부러뜨려줄까?

아, 아니요.

갈 거지?

예! 예!

야! 이거
어떻게 된 거야?

그냥 딴 데 털자.

아이 씨.
저기가 쏠쏠했는데.

이야, 네가
일중에이스리더파를
건드리다니.

뭐야?
언제부터 보고 있었어?

야야. 난 과장이고
넌 주임이거든?
존칭 좀 쓰지그래? 나이도
내가 더 많아 보이는데.

응. 단 세 명으로 이루어진
무서운 조직이지.

일중에이스리더파를
건드렸다니? 그럼
이제 전쟁인 건가?

...

뭐 그렇게 열 받은 표정 짓지 말고
밖에 좀 나가보지그래?

아니. 네가 다 깼어.

그럼 그놈들이…

왜?

여기서 털렸으니
다른 가게로 갔을 거 아냐?

다른 가게에서
행패 부리는 걸 왜 막아주는데?

197

주위 상인들까지 챙긴다는 건
바닥 민심부터 얻겠다는 뜻.
주변을 다지는 걸 보면
조만간 김민규는 움직인다.

그럼 가장 먼저
필요한 건 자금이겠지.

와, 과장님. 섬세하셔.
근데 나 김치 안 먹는데.

한국 사람이
김치를 안 먹습니까?

돈 많이 벌지 않아요?
라면만 먹으면 속 상합니다.

네. 저하고는 안 맞아요.
라면 같이 드실래요?

아니요. 드세요.
어쩌다 이 일 하게 됐어요?

후루룩.

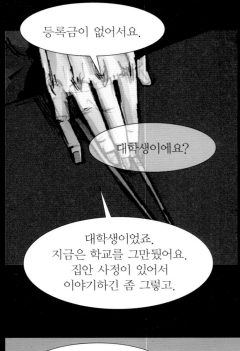

등록금이 없어서요.

남자친구는요?

대학생이에요?

대학생이었죠.
지금은 학교를 그만뒀어요.
집안 사정이 있어서
이야기하긴 좀 그렇고.

나 술집 다닌다고
말했더니 가던데요?

그런 이야길 왜?

그냥요. 속이기 싫었어요.

일은 할 만해요?

나 끼 있나 봐요.
적성에 잘 맞아요.
기생 체질인가 봐요.

오호…

…라고 말을 해야지
어쩌겠어요?

네?

아이고. 고맙네.

자네 덕에
한시름 덜었어.

하하하. 제가 아니라 저기
저 친구가 그랬답니다.
두 번 다시 여기 나타나지 마!
그랬대요.

그 양아치들 자네가
아주 혼을 내줬다며?

저 친구도 예전에
상가 다 부수고 돈 뺏어간 놈인데
자네가 거뒀으니 그것도 고맙네.

아이고 별말씀을요.

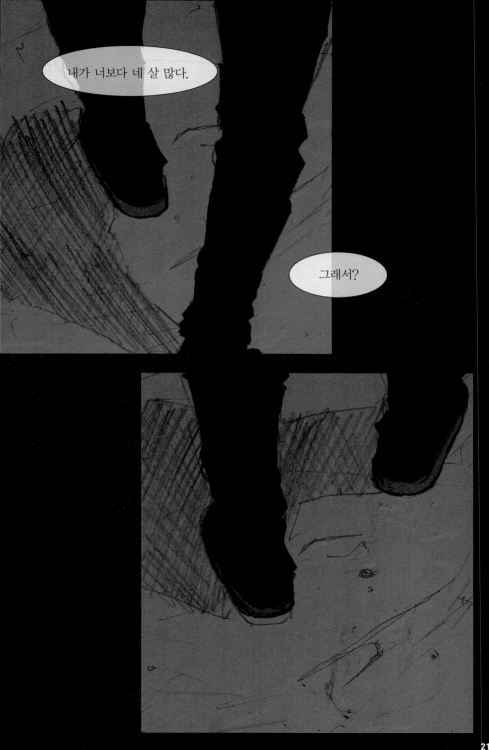

다를 게 뭡니까?

건달은
민심을 얻어야 한다.

민심?

조폭 주제에…
그래 봤자 넌 세상에서
사라져야 할 조폭일 뿐.

양아치는 상인들에게
공포와 두려움을 주지만
건달은 그렇지 않아.
민심을 얻지 못하면 결코
세력을 키울 수가 없어.

그러니 돌아다니며 얼굴 많이 팔고
인사 많이 해놔. 난 원래 너 같은 양아치들한테서
우리 고모부 가게 지켜주다가 건달이 되었어.

고모부 가게?

보자… 그게 언제지?
내가 고등학교 다닐 때니 꽤 오래됐군.
강원도에 전학 가서 살았는데
거기 고모네 집이 치킨 가게를
하고 있었거든.

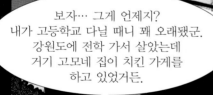

그러다가 내가 참지 못해
손을 봐줬는데 그날 이후로
젊은 사람들 위주로
상가회가 조직되었지.

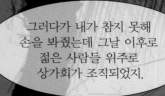

거기서 딱 너 같은 양아치들이
상가 털어먹고 다녔지. 경찰에
신고해도 그때뿐이고 보복이
더 크니 손을 못 쓰고 있었어.

너도 꺼라.

처음엔 그렇게 시작했지.
그러다 보니 소문이 나고
다른 상가회에서 돈을 주면서
도와달라고 하더군.

그러는 와중에
진짜 조폭들하고 충돌도 했고
놀랍게도 우리가 이겨버렸지.
웃긴 게 뭔지 알아?

당연히 모릅니다.

진짜 조폭들 잡으면서
사상자가 많이 났고 나도 경찰에
붙들렸는데 상인들이 탄원서를 제출했어.
덕분인지 별일
없이 풀려 나왔지.

일을 도모할 때는
언제나 민심을 얻어야 한다.
착취하겠다는 마음이 아니라
도와주겠다는 마음으로
사람을 대해야 한다.

...

왜 김민규가
후계자로 지목되었는지 알 만하군.
보통의 조폭들과 달라.

그게 내가
생각하는 건달이다.

가만있자. 과일 안주는 이만하면 충분하고…

그런데 계속 여기에 머물 겁니까?

아직 치고 나갈 힘이 없다.

치고 나갈 힘이라면?

인원도 적고 세력을 넓힌다고 해서 끝나는 게 아니야. 지킬 인원이 없잖아.

그럼 인원을 늘리면 될 거 아닙니까?

어중이떠중이들 늘려서 뭐해? 그리고 사람 많으면 괜히 전쟁 일으켜서 뺏을 생각만 하게 돼.

221

김민규는 쉽게
움직이지 않을 것 같습니다.
마작회를 쳐야 할 명분이
있어야 합니다.

조폭 주제에
뭘 그렇게 따지는 게 많아?
제길. 명분이라고?

예.

그럼 그 명분 만들어야지.

어떻게요?

김민규의 이름으로
살인 사건 하나 만들면 어떨 것 같아?
그럼 싫어도 전쟁에 휘말릴 수밖에 없어.

예?

223

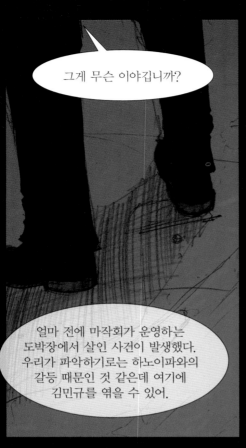

그게 무슨 이야깁니까?

얼마 전에 마작회가 운영하는
도박장에서 살인 사건이 발생했다.
우리가 파악하기로는 하노이파와의
갈등 때문인 것 같은데 여기에
김민규를 엮을 수 있어.

엮는 건 어떻게
할 겁니까?

김민규가 주변 상인들 민심을
장악한 건 확실한가?

예.

그럼 먼저 경찰을 보내서 쑤셔야겠군.
그 후엔 자연스럽게 흘러갈 거야.

네, 김 수사관님. 검사님요?

…

그럼 봅시다.
하노이파랑 마작회랑
지금 갈등 터졌다 이거죠?
알겠습니다.

하노이파?
베트남 사람들이
만든 거예요?

베트남 사람들은 오히려
다 없어졌다고 하더라고요.

처음엔 베트남 이주민들
도움을 주자는 취지로 만들어졌다던데
지금은 여러 국적이 섞여서
조폭처럼 되었어요.

마작회랑 하노이파랑 싸워요?

애네들 활동 구역이 겹쳐서
붙을 수밖에 없거든요.

227

얼마 전에 마작회 회원인
전용이란 놈 죽은 살인 사건도 일어났고
요주의 대상이에요. 이놈들.

밖에 왜 이리 소란스러워?

글쎄. 제보가
들어왔다니까요!

아, 글쎄 난 모른다니까!

제보가 들어왔으니 확인해야 돼요.

뭐합니까?

아니야. 갑자기 경찰이 들이닥쳐서.

소시지 사 왔어?

저거였나?
경찰을 보내서
쑤신다는 게.

끼익

어르신.

모두 모였나?

예. 이쪽으로.

새로운 소식이 뭔가?

여기서 세 블록 넘어가면
작은 상가가 있습니다.

거기 옷 가게 하는 마 씨가
우리 업소에서 도박을 하다가
전용을 살해한 놈이 누구인지
본 것 같습니다.

확인할 게 뭐 있습니까?
하노이파 그놈들이라니까!

조용히. 조용히!

마 씨가 목격자라는 건
어디서 흘러나온 건가?

두 시간 전에 경찰이
전용 살인 사건 목격자로
마 씨를 데려가 조사했습니다.
경찰이 움직인 거 보면
뭔가 있는 거 아니겠습니까?

호오…

마 씨가 전용을 죽인 자를 보았다?
아직 경찰 수사를 받고 있나?

경찰서에 한 명 보내놨는데
아직 소식이 없는 걸 보면
조사 받고 있는 것 같습니다.

그냥 하노이파 새끼들
작살냅시다!

나오면 이쪽으로
데리고 오게.

우당탕

어이쿠쿠…

저런저런.

손님을 저렇게
만들어서야 되나?
자리에 앉히게.

앉아.

전용을 누가 죽였나?

어르신. 정말 모릅니다.
어디서 이상한 제보가 들어와서
경찰서에 갔다 왔는데 거기서도
별게 없으니까 풀어줬습니다.

허허허. 자네가 본 게 있으니
누가 제보를 했겠지. 아니 그런가?

아닙니다, 어르신.
전 전용이 죽던 날 마작 몇 판 하다가
술에 취해서 집에 돌아간 게 전부입니다.
그것뿐입니다.

허허허. 자네 말일세.

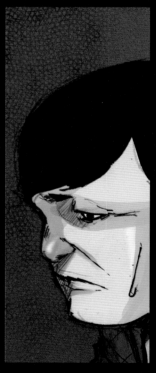

쉽게 가면 될 것을 꼭
어렵게 돌아가려 하는구먼.

어… 어르신!

어르신!
진짜 모릅니다!
어르신!

참 어리석어.
누가 아는지 모르는지
물어봤던가?

그저 내가 듣고 싶어 하는
대답을 하면 될 것을.

245

잠깐 이야기 좀 하시죠.

마작회의 전용이란 자가 죽었고
전용을 죽인 사람을 마 씨라는 분이 목격했다.

그런데 경찰서에서는
뚜렷한 점을 밝히지 못했고
경찰서에서 나오는 마 씨를
마작회가 데려갔다.

이게 제가 파악한
내용입니다.

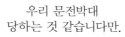
우리 문전박대
당하는 것 같습니다만.

아냐.

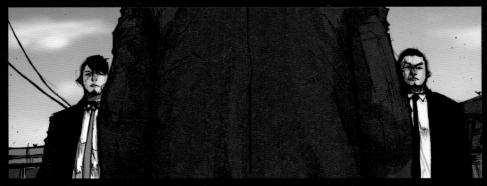

안으로 들어오시지요.

흐음···

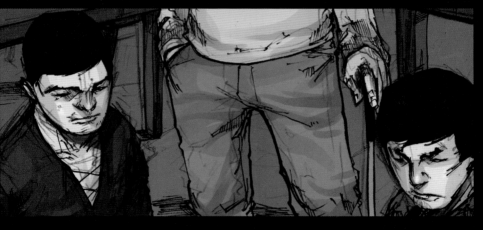

259

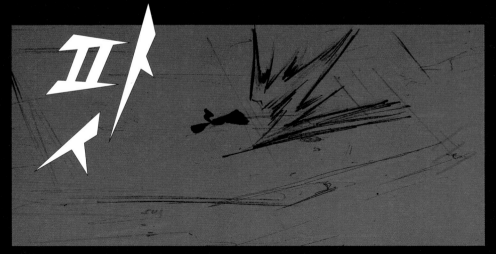

…

빨리 이름을
기억해내는 게
좋을 텐데?

그, 그냥 하노이파
사람입니다. 어르신.

아닐세. 그냥 하노이파,
그러면 안 되지. 아마도…
미토나 아닌가?

아마 미토나 그놈일 거야.
그놈이어야 한다네. 알겠나?

… 미… 미토…

뭐야?

애네들도 깨야 합니까?

어허. 대화가 먼저라니까.

뭔가 자네들?

경고한다.

경고?

거기 뒤에 있는 마 씨 풀어줘.

이행하지 않을 시 너흰 오늘부로 해산된다.

좌아악

아이고...

끄으으으...

뭣하느냐!

!

어!

뭐야? 이 속도는…?
언제 튀어나왔어?

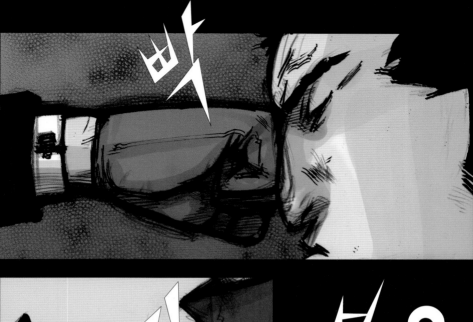
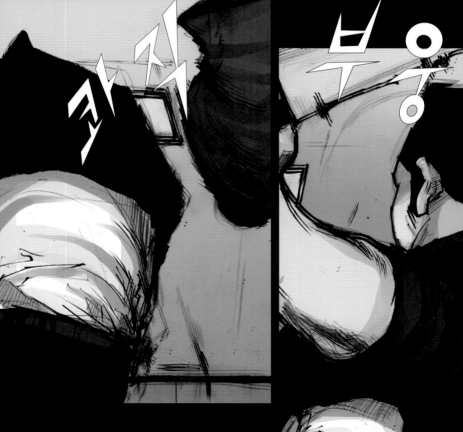

이야아아아앗!

이… 이놈이…

어떻게 합니까?

죽여.

…!

끄으윽.

이…

만약 처음부터
마작회를 응징할 생각이었으면
두 명이 아니라 수십 명이
몰려갔을 거야.

사람들은 그렇게 생각할 수밖에 없지.
아마 나를 동정할 거다.

이… 이놈이 이제 보니
처음부터 거기까지 계산하고
애초에 둘이서 우릴 치려는
생각이었던 게야…

2권에서 계속

블러드 레인 1

초판 1쇄 발행 2017년 4월 10일
초판 3쇄 발행 2020년 12월 10일

지은이 민 · 백승훈
펴낸이 김문식 최민석
기획편집 이수민 박예나 김소정 윤예솔
마케팅 임승규
디자인 손현주 배현정
편집디자인 투유엔터테인먼트 (김철)
제작 제이오

펴낸곳 (주)해피북스투유
출판등록 2016년 12월 12일 제2016-000343호
주소 서울시 성북구 종암로 63, 4층 402호 (종암동)
전화 02)336-1203
팩스 02)336-1209

ISBN 979-11-960128-1-6 (04810)
979-11-960128-0-9 (세트)